Berliner

Sagen

Rebecca Haertel

FÜR MEINE KOLLEGEN VOM BERLINER
BÜCHERTISCH!

Vor der Marienkirche, steht ein uraltes Steinkreuz, über das es mehrere Sagen gibt. Zwei habe ich aufgeschrieben.

Der fliegende Chorschüler

Eines Tages beschlossen ein paar Chorschüler der Marienkirche auf den Kirchturm zu steigen, um dort die Krähennester nach Eiern zu durchsuchen. Oben angekommen legten sie ein Brett aus einem der Löcher, die sich im Turm befanden, hinaus. Zwei der Jungen hielten das Brett, der Dritte kletterte zu den Nestern. Er fand eine Menge Eier, die er in ein Körbchen legte. Seinen Gefährten gab er jedoch kein einziges Ei ab. Als sie fragten warum, antwortete er: «Ich habe mich in die Gefahr begeben hinunter zu fallen; deswegen gehören die Eier mir!»

Als seine Kameraden das hörten, wurden sie sehr zornig. Sie flüsterten sich etwas zu, dann ließen sie das Brett los. Der Schüler stürzte hinab und dachte er müsse sterben. Nun hatte er aber seinen weiten Chormantel um. Der Wind breitete ihn wie einen Fallschirm aus. Langsam und unversehrt landete der Junge mitten auf dem Markt, der gerade vor der Kirche stattfand. Als Dank ließen seine Eltern das Steinkreuz errichten, was noch heute vor der Kirche zu sehen ist.

Der Pakt mit dem Teufel

Der Baumeister der Marienkirche war nicht nur fleißig im Bauen, sondern auch im Spielen. Er konnte seine Finger einfach nicht von den Karten lassen! Seit einigen Tagen hatte er einen neuen Partner, einen ziemlich merkwürdigen, gegen den er ständig verlor. Bald hatte er so hohe Schulden, dass er nicht mehr wusste, was er tun sollte. Ihn blieb nichts anderes übrig, als sich heimlich vom Geld der Kirchenbaukasse zu bedienen. Doch zwei Augen beobachteten ihn dabei.

Eines Abends, als er mit seinem Partner am Spieltisch saß, drückte der ihm einen großen Sack Gold in die Hand: «Mach beim Bau der Kirche einen Fehler, sodass bei der Einweihung das Gewölbe einstürzt.»

Nun war dem Baumeister klar, wer sein Partner war - der Teufel! Er musste wohl oder übel einwilligen. Ihm wurde schlecht, als er das Geld nahm, aber er hatte eine Idee.

Endlich kam der große Tag: Die Kirche wurde eingeweiht. Der Baumeister erhielt viel Lob. Vor der Kirche wartete der Teufel ungeduldig auf den Einsturz des Gewölbes, doch nichts geschah. Der Baumeister hatte absichtlich den Befehl des Teufels ignoriert.

Als er, lachend und mit dem Bischof ins Gespräch vertieft, die Kirche verließ, packte der Teufel seinen Spielpartner und erschlug ihn. Zum Gedenken an diesen mutigen Baumeister, der sein Leben für die Seelen vieler Menschen opferte, wurde ein Steinkreuz errichtet.

Anmerkung

Die Marienkirche ist die zweitälteste Kirche in Berlin. Wann sie fertiggestellt wurde, ist nicht genau bekannt. Erwähnt wurde sie das erste Mal 1270. Im Innern, gleich am Eingang, kann man das Gemälde der «Totentanz», bewundern. Es stammt aus dem Jahre 1470, aber ist kaum noch erkennbar. Bemerkenswert ist auch die prächtige Kanzel von Andreas Schlüter (1702/03) und die Orgel von 1720 -23.

Adresse:
Karl-Liebknecht-Str. 8
10178 Berlin
030 242 44 67

S- Bahn: S5, S7, S75 (Alexanderplatz)
U-Bahn: U8, U2 (Alexanderplatz)
Bus: M48, TXL (Alexanderplatz)
Tram: M1, M2, M4, M5, M6 (Alexanderplatz)
http://marienkirche-berlin.de

Die Heilandsweide

Im Dörfchen Marienfelde lebte einmal ein frommer Schäfer. Frauen und andere weltliche Freuden interessierten ihn nicht – nur Gott! Er hatte einen langen weißen Bart und trug einen Weidenstock. Die Marienfelder nannten ihn nur den Heiland, seinen richtigen Namen hatten sie vergessen. Jeden Tag trieb er seine Schafe auf die Weide, die in der Nähe eines großen Sumpfes lag. Dort grasten sie den ganzen Tag, bis er sie abends wieder in den Stall trieb. Eines Tages geschah das Unglück: Ein Schaf verirrte sich im Sumpf und blieb stecken. Der Schäfer wollte ihm zur Hilfe eilen. Er sprang auf eine kleine Insel im Moor, um das Tier zu packen, aber er verfehlte sie und versank.

Die Dorfbewohner suchten vergeblich nach ihm, alles, was sie fanden, war sein Weidenstab, der aus dem Sumpf herausragte. In den nächsten Jahren entwickelte sich dieser Stab zu einen prächtigen Baum, der den Namen Heilandsweide bekam.

Die Todeswürfel

Im alten Berlin lebte ein Waffenschmied, der hatte eine wunderschöne Tochter. Zwei Gardisten der königlichen Leibwache liebten sie und hielten um ihre Hand an. Lange Zeit schwankten die Gefühle des Mädchens. Sollte sie den gut aussehenden Klaus nehmen oder besser doch den sanften, aber etwas dummen Walter? Schließlich entschied sie sich für Walter.

Daraufhin wurde Klaus von einer quälenden Eifersucht geplagt. Eines Abends lauerte er seiner Geliebten auf, nahm seinen Degen und erstach sie. Wie groß war der Schmerz des Vaters, als er von dieser Schandtat erfuhr! Er forderte die sofortige Hinrichtung des Mörders. Doch wer war der Täter?

Der Verdacht fiel sofort auf die beiden Gardisten. Sie wurden festgenommen und gefoltert, doch keiner gestand den Mord. Da entschied der Kurfürst, dass ein Gottesurteil darüber entscheiden sollte. Beide mussten um ihr Leben würfeln. Wer den höchsten Wurf machte, sollte am Leben bleiben, der andere sterben. Eine Trommel wurde aufgestellt, um als Würfeltisch zu dienen. Zuerst nahm Klaus die Würfel in die Hand. Er würfelte zwei Sechsen. Zitternd nahm Walter die Würfel in die Hand. Er wusste, dass er kaum eine Chance hatte. Er warf mit so einer Wucht, dass sie zersprangen.

Der Kurfürst verkündigte das Ergebnis: «Sechs, sechs und eins - das macht dreizehn.»

Klaus gestand den Mord. Da der Kurfürst an diesem Tag gute Laune hatte, schenkte er ihm das Leben und ließ ihn in den Kerker werfen, wo er dahinsiechte und bald darauf starb.

Die Gräfin von Orlamünde

Die Gräfin von Orlamünde führte ein glückliches Leben, bis ihr Mann eines Tages plötzlich starb. Für die untröstliche Gräfin waren in dieser schweren Zeit ihr einziger Halt ihre zwei Kinder - ein Junge und ein Mädchen. Nach einigen Jahren verliebte sie sich jedoch wieder.

Ihr Auserwählter war der Burggraf Albrecht der Schöne von Nürnberg. Albrecht liebte die Gräfin sehr, aber er hatte Bedenken sie zu heiraten. «Wenn nur die vier Augen nicht wären!» sagte er zu ihr. Lange dachte die schöne Gräfin über diesen Ausspruch nach. «Wen könnte er nur meinen?» grübelte sie. Nach vielen schlaflosen Nächten fand sie die Antwort. Der Burggraf meinte ihre zwei Kinder! Was tun?

Nach weiteren schlaflosen Nächten beschloss sie ihre Kinder aus dem Weg zu schaffen. Sie bot ihren Diener viel Geld an, wenn er die Beiden töten würde. Er ging mit ihnen in den Wald, wo die Kinder um ihr Leben bettelten, doch es half nichts.

Der grausame Dienstbote tötete sie. Als diese abscheuliche Mordtat - und wer dahinter steckte - bekannt wurde, erklärte Graf Albrecht, dass er jetzt die Gräfin von Orlamünde nicht heiraten würde. Zum Entsetzten der Gräfin stellte sich heraus, dass Albert mit den vier Augen seine Eltern meinte. Denn die hätten niemals dieser Heirat zugestimmt. Aus Gram um den sinnlosen Tod ihrer Kinder wurde die Gräfin wahnsinnig. Bald darauf starb sie. Nach ihrem Tod spukte sie im Berliner Schloss. Sie zeigte sich meistens kurz vor dem Tod eines Menschen. Doch seitdem das Berliner Schloss 1950 abgerissen wurde, hat auch der Spuk ein Ende.

Anmerkung

Das Berliner Schloss wurde ab 1443 erbaut und mehrmals erweitert. Doch im Zweiten Weltkrieg wurde es zerstört. 1950 befahl die DDR-Regierung das Schloss abzutragen. 1973 bis 1976 entstand an dieser Stelle der Palast der Republik. Hier war der Sitz der Volkskammer und des Parlaments der DDR, aber auch das «gemeine Volk» hatte hier genug Möglichkeiten sich zu amüsieren. Es gab unter anderem Restaurants und eine Kegelbahn. 2006-2008 wurde der Palast der Republik wegen Asbest schrittweise abgetragen.

Das Schloss wird als Humboldt Forum, ein Forum der Kunst, Kultur und Wissenschaft, wiederaufgebaut.

Adresse:

Schlossplatz 5

10178 Berlin

Bus: 100, 200, M48, 248, TXL

Tram: M4, M5, M6 (Spandauer Str.)

Der Weber am Georgentor

Einst lebte ein Weber am Georgentor. Seit einigen Monaten hörte er zu bestimmten Zeiten nachts Geräusche vor seinem Haus. Es schien, als ob sich Menschen regelmäßig versammeln würden. Doch einmal überwand er seine Furcht, schlich sich hinaus und versteckte sich hinter einem Fliederbusch. Gegen Mitternacht sah er wie ein Ritter die Straße herabkam. Es dauerte nicht lange und andere Ritter kamen hinzu.

Sie begrüßten sich schweigend. Als sie ihre Mäntel abwarfen, sah der Weber deutlich die weißen Hemden mit den roten Kreuzen darauf. Es waren die nicht gern gesehenen Tempelritter.

Sie gingen durch das Stadttor, das sich wie von Magie selbst öffnete und wieder schloss.

Die Tempelritter merkten nicht, dass ihnen heimlich der Weber folgte. Der Anführer der Ritter machte ein symbolisches Kreuz mit seinen Händen.

Daraufhin erschienen aus einer Wolke prächtige weiße Pferde - für jeden Ritter eins. «Hüh, auf nach Jerusalem», sagte ein Ritter. «Hüh, auf nach Golgatha», sagte ein anderer. Die Tiere erhoben sich und flogen davon. «Gelobt sei Jesus Christus», rief der erstaunte Weber aus. Auf einmal hörte der Weber eine Stimme aus dem Nichts: «Hättest du etwas anderes gesagt, wäre das dein Ende gewesen. Geh heim», befahl sie. Zitternd lief der Weber auf das Georgentor zu, doch das war verschlossen. So musste der Weber die ganze Nacht draußen, in der plötzlich einsetzenden Kälte, verbringen.

Die 99 Schafsköpfe

Auf dem Alexanderplatz stand einst ein Haus, welches mit 99 Schafsköpfen verziert war. Warum? Nun, das Haus war ein Geschenk vom König an einen treuen, reichen Untertan, der ihn einen großen Gefallen getan hatte. Doch es gibt Menschen, die nie zufrieden sind.

Das Haus gegenüber hatte nämlich Verzierungen an seiner Fassade. Anstatt sich aber über das Geschenk zu freuen, meckerte der unverschämte Bürger nur. Er beschwerte sich persönlich beim König und wollte auch Verzierungen, so wie das Haus auf der anderen Seite.

Darauf wurde der König so wütend, dass er 99 Schafsköpfe an das Haus anbringen ließ.

Als der Eigentümer wiederum vom König wissen wollte, was denn dieser Unsinn zu bedeuten hätte, gab der König ihm den Rat er bräuchte seinen Kopf nur zum Fenster rausstrecken, dann hätte er 100 Schafsköpfe.

Anmerkung

Der Alexanderplatz, ein ehemaliger Marktplatz, ist einer der bekanntesten Plätze in Berlin. Er erhielt sein heutiges Aussehen in den 1960er Jahren. Vom 368 Meter hohen Fernsehturm kann man eine herrliche Aussicht über Berlin genießen und auch gemütlich speisen, während der Turm sich in einer halben Stunde um sich selbst dreht. Weitere Anziehungspunkte sind der Neptunbrunnen und die Weltzeituhr. Das Georgentor war ein wichtiges Stadttor am Alexanderplatz. Das einzige, heute noch erhaltene Stadttor ist das Brandenburger Tor.

S-Bahn: S5, S7, S75 (Alexanderplatz)
U-Bahn: U2, U5, U8, (Alexanderplatz)
Bus: M48, TXL, 248, 100, 200 (Alexanderplatz)
Tram: M2, M4, M5, M6 (Alexanderplatz)

Wie der Hackesche Markt seinen Namen bekam

Der General von Hacke war ein begeisterter Jäger. Er liebte es auf der Heide vor dem Spandauer Tor zu jagen. Eines Tages trug sich folgendes Ereignis zu: Die Hunde des Generals von Hacke hatten ein Wildschwein aufgestöbert und trieben es auf ihren Herren zu. Das verwundete Tier raste vor Schmerzen mit beachtlicher Geschwindigkeit auf den General zu. Der dachte, es wäre um ihn geschehen. Geistesgegenwärtig sprang er auf das Tier und ritt auf ihm. Schließlich warf ihn das Wildschwein an der Stelle, wo heute der Hackesche Markt ist, ab. Als Friedrich der Große davon hörte, befahl er den Grafen von Hacke dort Häuser zu bauen. Weil er sich ja an dem Ort so gut auskenne! So entstand der Hackesche Markt, der lange Zeit im Volksmund « Schweinereitermarkt» hieß.

Anmerkung

Sehenswert am Hackeschen Markt sind die Hackeschen Höfe. Der Gebäudekomplex wurde um 1900 errichtet. Hier gibt es Läden, Restaurants, ein Kino und ein Theater. Zahlreiche Sehenswürdigkeiten und kulturelle Institutionen liegen in der Umgebung. Diese sind unter anderem: der Monbijoupark, der Berliner Dom, die Museumsinsel, der Alexanderplatz und die Oranienburger Straße mit vielen Restaurants und der prächtigen Synagoge

Adresse:

Rosenthaler Straße 40-41

10178 Berlin

030 280 980 10

S-Bahn: S5, S7, S75 (Hackescher Markt)

U-Bahn: U8 (Weinmeisterstr.)

Bus: M48, TXL (Hackescher Markt)

Tram: M1, M4, M5, M6, 12

http://www.hackesche-hoefe.de

Die Drei Linden

Vor langer Zeit, als noch die Kurfürsten im alten Berlin regierten, lebten dort die drei Halkan Brüder, die immer zueinander hielten. Wie jeden Dienstag ging der jüngste, Gotthold, auf den Markt. Auf einmal hörte er einen lauten Schrei. Gotthold drehte sich um, der Mann der neben ihn stand, sank zu Boden. Gotthold wollte ihm helfen, aber er war bereits tot.

 Das Volk hielt Gotthold für den Mörder, ergriff ihn und warf ihn in den Kerker. Gotthold war sich keiner Schuld bewusst und leugnete den Mord. Am nächsten Tag meldete sich der ältere Bruder des Verurteilten beim Gericht und bezichtigte sich der Tat. Ein paar Stunden später erschien der Dritte der Halkan Brüder vor Gericht und behauptete er hätte den Adligen umgebracht. Als Gotthold schließlich aus Liebe zu seinen Brüdern den Mord gestand, reichte es dem Richter. Er trug die Sache dem Kurfürsten vor.

Der entschloss sich, dass nur ein Gottesurteil den Fall klären könnte. Im nächsten Frühjahr sollte jeder der drei Brüder eine Linde auf dem Heilig-Geist Friedhof pflanzen; mit der Krone in den Boden und die Wurzeln zum Himmel strebend.

Wessen Baum verdorrte, musste der Mörder sein. Im Frühling pflanzten die drei Brüder die Linden; Wochen vergingen.

Doch eines Tages berichteten einige Berliner Bürger, dass alle drei Linden Knospen angesetzt hätten und in den Wurzeln grünten. Das Gericht sprach die Brüder frei. Die Bäume wuchsen zu einer gewaltigen Höhe und waren noch lange ein Wahrzeichen Berlins.

Der Neidkopf

König Friedrich Wilhelm I. liebte es unerkannt durch die Straßen zu laufen, um seine Untertanen bei der täglichen Arbeit zu beobachten. Er mochte besonders einen armen Goldschmied in der Heilige-Geist-Straße, der von früh bis spät arbeitete. Eines Abends betrat der König das baufällige Häuschen.

Der erstaunte und ängstliche Goldschmied überwand bald seine Furcht und beantwortete die Fragen des Königs. Er erzählte ihm von seiner Arbeit und wie sehr er unter der Armut litt.

Der König war besonders erschüttert, als er erfuhr, dass der Goldschmied oft Aufträge ablehnen

musste, weil ihm das Geld für Gold und Silber fehlte.

Der König versprach ihm Gold und Silber aus seiner Schatzkammer zu liefern, wenn er ihn dafür ein goldenes Service anfertigen würde. Voller Freude willigte der Goldschmied ein. Von nun an besuchte der König seinen neuen Freund oft.

Eines Tages bemerkte der König am Fenster gegenüber eine Frau, die eine hässliche Fratze schnitt. Der entsetzte König erkundigte sich, wer denn diese widerliche Person sei.

Er erfuhr, dass sich die Gattin eines reichen Goldschmieds darüber aufregte, dass ihre Familie nicht die Gunst des Königs erhielt. Darauf entschloss sich Friedrich Wilhelm, seinen Schützling noch mehr zu belohnen. Er ließ das alte Haus abreißen und ein Neues bauen. An diesem Haus ließ er einen weiblichen Kopf aus Stein anbringen, dessen Gesicht eine scheußliche Grimasse schnitt. Statt der Haare wanden sich Schlangen ums Haupt und aus dem Mund steckte die Zunge heraus. Das war die Rache des Königs und die Neiderin musste für den Rest ihres Lebens Spott und Hohn ertragen.

Anmerkung

Alles was noch vom alten Heilig-Geist-Spital übrig ist (nachdem die Heilige Geist-Straße ihren Namen hat), ist die Heilig-Geist-Kapelle. Sie wurde um 1300 erbaut. Das Heilig-Geist-Spital kümmerte sich, wie das Georgen- und Gertraudenhospital, um Arme, Kranke und andere Bedürftige. Heute wird das Gebäude von der Wirtschaftswissenschaftlichen Fakultät der Humboldt Universität genutzt.

Adresse:

Spandauer Straße 1

10178 Berlin

S-Bahn: S3, S5, S7, S75 (Hackescher Markt)

U-Bahn: U2, U5, U8 (Alexanderplatz)

Bus: 100, 200, TXL (Alexanderplatz)

Tram: M4, M5, M6 (Hackescher Markt)

Die Hedwigskirche

Die katholischen Bürger Berlins hätten gerne ihre eigene Kirche gehabt. Dazu baten sie um Audienz beim König Friedrich den Großen. Dieser stimmte zu, als jedoch die Abgeordneten erschienen, saß der Alte Fritz gerade am Frühstückstisch. Er hatte eine schlaflose Nacht hinter sich. Stundenlang redeten die Männer auf den genervten König ein. Dann fragte einer der Bauherren: «Wie soll denn die Kirche nun aussehen?» Der Alte Fritz nahm seine Kaffeetasse, trank den Rest aus und drehte sie um: «So soll sie aussehen!» Die Bauherren folgten seinen Rat und deswegen hat die Hedwigskirche ihre prächtige Kuppel.

Anmerkung

Die Hedwigskathedrale befindet sich auf dem Bebelplatz. Gebaut wurde sie von 1747-1773 nach Plänen von Georg Wenzelslaus Knobelsdorff für die Berliner Katholiken. Erst 1930 wurde sie zur Kathedrale erhoben.

In der Unterkirche ist der Domprobst Bernhard Lichtenberg beigesetzt, der auf dem Transport ins KZ Dachau 1943 starb.

Adresse:

Hinter der Katholischen Kirche 3

10117 Berlin

030 20 34 81

Bus: 100, 200, 147

Tram: M1, 12

http://www.hedwigs-kathedrale.de

Die Löwen der Parochialkirche

Als die prächtige Parochialkirche fertiggestellt war, fehlte nur noch eins - ein Glockenspiel. Es sollte ein ganz Besonderes sein, eines das nur Berlin besaß. Die Ratsherren fanden bald einen Künstler, der ihnen dieses herstellen konnte. Über das fertige Glockenspiel herrschte große Freude. Das Besondere waren vier Löwen, die zu jeder vollen Stunde brüllten.

Doch der Hersteller dieses Glockenspiels dachte daran noch ein Zweites herzustellen - um es dann an eine andere Stadt zu verkaufen. Als die Ratsherren davon erfuhren, ärgerten sie sich sehr. Ihre Wut war so groß, dass sie den armen Künstler grausam bestraften. Sie ließen ihn die Augen ausstechen, sodass er für sein Leben lang blind blieb.

Viele Jahre später kam der alte Meister zum Küster der Kirche und bat ihn noch einmal den Turm besteigen zu dürfen. Der gutmütige Küster erfüllte ihm den Wunsch. Von seiner Tochter geführt, tastete sich der Blinde nach oben. Dort drehte er an den Schrauben und Rädern...

Zur nächsten Stunde warteten die Bürger Berlins vergeblich auf das Brüllen der Löwen. Das war die Rache des Meisters. So wie er immer blind sein sollte, sollten auch die Löwen nicht mehr brüllen.

Anmerkung

Der Grundstein für die Parochialkirche wurde 1695 gelegt. Drei Architekten entwarfen die barocke Kirche: Arnold Nehring, der kurz darauf starb, sein Nachfolger Martin Grünberg und Jean de Bodt, der den Turm 1713/14 baute. 1944 wurde die Kirche zerstört, der Turm stürzte ein. Mit ihm wurde auch das legendäre Glockenspiel zerstört, nachdem diese Sage entstand. Nach über 70 Jahren bekam die Parochialkirche 2016 einen neuen Turm und ein neues Glockenspiel.

Adresse:

Klosterstraße

10179 Berlin

030 24 75 95 0

S-Bahn: S5, S7, S75 (Alexanderplatz, Jannowitzbrücke)

U-Bahn: U2, U5, U8 (Alexanderplatz), U2 (Klosterstraße)

Bus: M48, 248, TXL (Alexanderplatz)

Tram: M2, M4, M5, M6 (Alexanderplatz)

Die Rippe

An einem Wirtshaus im alten Berlin hingen einst zwei gewaltige Knochen: Sie waren angeblich die Rippe und das Schulterblatt eines Riesen. Wütende Berliner ermordeten ihn vor langer Zeit, denn der Riese hatte ein junges Mädchen geraubt, das er heimlich liebte. Die war mit einem Fischer verlobt. Der erboste junge Mann und seine Freunde machten sich auf den Weg, befreiten das Mädchen und töteten den Riesen im Schlaf. Die Rippe und das Schulterblatt entfernten sie und hängten es als Triumph an ihrem Wirtshaus auf. Den restlichen Körper zerstückelten sie, denn sie mussten ihn auf mehreren Friedhöfen begraben, weil sein Leib für einen Kirchhof viel zu groß war!

Anmerkung

Das Gasthaus «Die Rippe» befindet sich im Nicolaiviertel. Es gehört zu den ältesten Orten in Berlin. Schmale Straßen mit schnuckligen Läden und netten Restaurants prägen das Nicolaiviertel. Sehenswürdigkeiten sind: die Nikolaikirche, das Knoblauchhaus und das Zillemuseum. Die Nicolaikirche ist die älteste Kirche in Berlin. Sie entstand um 1230 und wurde mehrmals umgebaut.

Adresse:

Am Nussbaum 3

10178 Berlin

S-Bahn: S5, S7, S75 (Alexanderplatz)

U-Bahn: U2, U5, U8 (Alexanderplatz)

Bus: M48, 248 (Nicolaiviertel)

Woher die Jungfernbrücke ihren Namen hat

Um die Namensgebung der Jungfernbrücke gibt es mehrere Sagen. Die folgenden sind die bekanntesten:

a) **Die neun Jungfern**

Es lebte einst ein französischer Tuchhändler mit seinen neun Töchtern in der Friedrichsgracht.

Die schönen Mädchen konnten wunderbar nähen, sticken und klöppeln. Aber sie hatten auch andere, gar nicht gute Eigenschaften. Klatsch und Tratsch waren ihre Leidenschaften. Sie wussten fast nur Schlechtes über ihre Nachbarn zu erzählen. Ja einige Nachbarn behaupteten, die Mädchen hätten spitzere Zungen als Nadeln. Deshalb wandten sich die Männer von ihnen ab. Denn keiner von ihnen wollte so ein gehässiges Weib heiraten! So blieben sie alle unverheiratet und die Brücke neben ihrem Haus heißt noch heute Jungfernbrücke!

b) **Der Mord**

In der Nähe der Jungfernbrücke lebte vor langer Zeit ein alter blinder Mann. Eines Abends, gegen Mitternacht, hörte er wie ein Mann und eine Frau sich der Brücke nährten. Der Mann schien auch etwas älter zu sein - die Frau war noch sehr jung. Als sie auf der Brücke waren, machte der Mann der Frau einen Heiratsantrag, daraufhin hörte der Blinde die folgenden Worte: «Ich werde dich niemals heiraten, du weißt ich liebe dich nicht, sondern einen Anderen.»

Dann vernahm der Blinde einen Schrei und einen Platsch. Es hörte sich an, als ob ein Körper ins Wasser gefallen wäre. Am nächsten Tag wurde die Leiche der jungen Frau aus der Spree gefischt.

Der Geliebte der jungen Frau wurde verhaftet und des Mordes angeklagt. Der echte Mörder erschien als Kronzeuge im Gericht. Auch der Blinde musste vor Gericht aussagen, als er jedoch die Stimme des Täters hörte, sprang er auf und schrie: «Das ist der wahre Mörder!»

Dann schilderte er die Erlebnisse der Mordnacht. Der Täter wurde daraufhin zum Tode verurteilt und der Geliebte freigesprochen. Die Brücke heißt seitdem Jungfernbrücke.

Anmerkung

Die Jungfernbrücke ist Berlins älteste und einzige Zugbrücke. Die jetzige Brücke stammt von 1798 und führt über den engen Spreekanal.
U-Bahn: U2 (Spittelmarkt)
Bus: M48 (Spittelmarkt)

Der Teufel und die vier Brüder

Im Mittelalter lebten einst vier Brüder einträchtig miteinander. Sie waren ausgesprochen reich, aber auch sehr gläubig und demütig. Die vier Brüder liebten sich innig. Niemals gab es Streit. Sie gingen nie einzeln, sondern immer zusammen aus. Sie ritten sogar auf einem Pferd, tranken aus einem Krug und aßen aus einer Schüssel.

Der Teufel ärgerte sich zutiefst über diese Liebe. Er hatte einen Plan, einen sehr teuflischen Plan. Eines Abends, als die Brüder gerade spazieren gingen, erschien er ihnen als junges attraktives Mädchen. Sein Plan schien aufzugehen. Zum ersten Mal in ihren Leben gingen die Brüder getrennte Wege, denn alle hatten sich in das Mädchen verliebt und hofften sie irgendwo wieder zu sehen. Erst zu Hause merkten die Brüder was für eine Dummheit sie gemacht hatten.

«Ich probiere es noch mal,» dachte der Teufel. Als verführerisches Dienstmädchen betrat er die Wohnung der vier Brüder. Diesmal kamen sie ihm auf die Schliche.

Sie jagten ihn aus dem Haus und beschlossen ein Kloster zu gründen. Als sie starben, vermachten sie es der Kirche. Das Kloster existierte noch bis ungefähr 1540.

Das Galgenhaus

In der Brüderstraße 10 befindet sich noch heute das Haus mit den unheimlichen Namen Galgenhaus. Hier ist seine Geschichte:

Im 18. Jahrhundert nahm die Zahl der Hausdiebstähle dramatisch zu. Der König, der damals regierte, fasste folgenden grausigen Beschluss: Der Dieb sollte vor dem Gebäude, wo er gestohlen hatte, an einen Galgen den Tod finden. Zur gleichen Zeit trat ein neues Dienstmädchen beim Minister Happe seinen Dienst an. Einen Monat später vermisste der Minister einen goldenen Löffel. Alle Dienstboten suchten vergeblich im ganzen Haus danach. Das neue Dienstmädchen kam als einzige Täterin infrage und obwohl es seine Unschuld beteuerte, wurde es bei Sonnenaufgang am nächsten Morgen erhängt.

Zwei Tage später fanden Dienstboten den Löffel im Stall. Eine Ziege hatte ihn dorthin verschleppt.

Von nun an umlagerte eine Schar von Nachbarn und Neugierigen täglich das Haus. Der Minister wurde von Gewissensbissen geplagt. Er versuchte das Loch, wo der Galgen stand, zuzuschütten. Vergeblich! So oft man es auch versuchte - am anderen Morgen war das Loch wieder da. Schließlich verkaufte der frustrierte Minister sein Heim und zog fort. Seitdem heißt das Haus Galgenhaus.

Anmerkung

Das Galgenhaus wurde Ende des 17. Jahrhunderts gebaut und 1805 umgestaltet. Heute dient es als Museum.

Adresse:

Brüderstraße 10

10178 Berlin

030 206 13 29 13

Die Brüderstraße ist eine der ältesten Straßen in Berlin. Sie wurde im 13. Jahrhundert angelegt. In ihr wohnten reiche und privilegierte Leute, wie der Verlagsbuchhändler, Schriftsteller und Philosoph Friedrich Nicolai (1733-1811), an dessen Wohnhaus sich eine Gedenktafel befindet.

U-Bahn: U2 (Märkisches Museum)

Bus: 147, 248, 265, M48

Die Unterirdischen in der Hasenheide

Vor langer Zeit lebte in einer Hütte am Rand der Hasenheide eine arme alte Frau. Eines Abends kamen zwei kleine Männlein und baten um eine Schüssel. Die gutmütige Alte gab ihnen ihre beste Schüssel. Am anderen Morgen fand sie das Gefäß, gefüllt mit einem Stück saftigen Braten, auf ihrer Türschwelle. Abends kamen die Männlein wieder, diesmal wollten sie eine Pfanne leihen. Am nächsten Morgen fand die Frau ihre Pfanne mit einem großen Stück Eierkuchen drin. So ging das eine Weile. Abends kamen die Männchen und baten um ein Küchengerät als Leihgabe. Am nächsten Tag brachten sie es mit einem essbaren Geschenk zurück. Das machte die Frau natürlich neugierig. Heimlich folgte sie ihnen in den unterirdischen Gang, wo sie verschwanden.

Dieser führte zu einer Halle, in der Köche eine Mahlzeit für das kleine Volk, welches dort lebte, kochte. Die alte Frau bemerkte dort, dass diese Wesen keine Kräuter besaßen.

Am nächsten Abend gab die Frau ihnen allerlei Kräuter und andere Gewürze mit - zusätzlich zu dem geliehenen Löffel. Die Männchen freuten sich sehr darüber.

Von nun an legten sie der alten Frau täglich ein Stück Gold vor die Tür. Dadurch wurde sie reich und konnte sorglos leben. Als aber immer mehr Menschen die Gegend bevölkerten und Häuser bauten, fühlten sich die Unterirdischen in der Hasenheide nicht mehr wohl.

Sie gaben ihren Wohnsitz auf und keiner hat sie je wieder gesehen.

Anmerkung

Die Hasenheide ist ein beliebter Park in Neukölln. Es gibt hier ein Tiergehege, einen guten Hundeauslauf, ein Freilichtkino und viele Möglichkeiten sich sportlich zu betätigen. Friedrich Ludwig Jahn erfand hier 1811 das Turnen. Ein Denkmal im Park erinnert an ihn.

U-Bahn: U7 (Südstern)

Bus: 104, 167 (Fontanestr./Flughafenstr.)

Der Stein in der Lietzower Kirche

Der Dreißigjährige Krieg hatte Not und Tod nach Berlin gebracht. Vor den Stadttoren lagen die Schweden und ließen niemanden hinein oder heraus. Der Kurfürst zog es vor von Berlin nach Königsberg überzusiedeln. Sein Stadthalter Adam von Schwarzenberg sollte Berlin an seiner Stelle beschützen, aber auch er hielt sich an einem sicheren Ort - in der Zitadelle Spandau - auf. Hier hielt er angeblich Kriegsrat, doch nichts geschah, was Berlin aus seiner großen Not half.

Als die Nichte des Kurfürsten, Anna Katharina, von diesem Elend erfuhr, beschloss sie etwas zu unternehmen. Sobald es dunkel war, schlich sie sich zum Teltower Tor und bat die Wachen sie hinauszulassen. Diese wollten ihr abraten, denn sie wussten, dass die Prinzessin in großer Gefahr war. Anna Katharina ließ sich jedoch nicht abwimmeln. Auf einem Pfad schlich sie unbemerkt am Feind vorbei nach Lützow - was heute Charlottenburg heißt. Dort kannte sie einen Fischer, dem schilderte sie ihre Lage. Er ruderte sie in seinem Boot nach Spandau,wo die Wachen die Prinzessin sofort zu Adam von Schwarzenberg führten. Sie berichtete ihn von der Not, die in Berlin herrschte. Adam von Schwarzenberg, der nicht wusste, wie schlimm es um die Stadt stand, versprach zu helfen.

Erst früh am Morgen, es war noch dunkel, verließ Anna Katharina das Schloss. Als sie und ihr Begleiter jedoch kurz vor Berlin waren, entdeckte sie der Feind. Die Schweden schossen auf das Boot. Doch sie verfehlten es.

Der Fischer kannte allerdings einen geheimen Ort am Ufer. Als er dort hielt, griff er ein paar herumliegende ungebrannte Ziegelsteine, warf sie als Brücke über den sumpfigen Grund und führte die Prinzessin zu einem Unterschlupf. Am Morgen fand der Fischer zufällig den Fußabdruck Anna Katharinas auf einem Stein. Er hob ihn auf und bewahrte ihn an einem sicheren Ort auf.

Als wieder Frieden im Land war, bauten die Lietzower ihr zerstörtes Dorf und die Kirche von Neuem auf. Der Fischer spendete den inzwischen gebrannten Ziegelstein, und als Gedenken an jene Nacht wurde der Stein unter die Kanzel eingemauert.

Anmerkung

Die Dorfkirche Alt-Lietzow wurde das letzte Mal im Zweiten Weltkrieg zerstört. Der jetzige Bau stammt von 1960/61 (Architekt Ludolf von Walthausen).

Der Spuk im Schloss Grunewald

Wer das Schloss Grunewald besuchen will, sollte lieber vorsichtig sein, denn hier spukt es! Der berühmteste Berliner Geist ist der von Anna Sydow. Zur Zeit, als es noch Kurfürsten gab, war sie die Geliebte von Joachim II. Seiner Frau gefiel das jedoch gar nicht. Einmal, als der Kurfürst für längere Zeit abwesend war, ließ seine eifersüchtige Gattin die schöne Anna Sydow in einem Zimmer lebendig einmauern. Die Arme starb qualvoll und spukt seitdem im Schloss.

Drei erschöpfte Fischer machten es sich eines Abends im Seitengebäude des Schlosses bequem. Da sie von den unheimlichen Dingen, die im Schloss vorgingen wussten, machten sie vorsichtshalber die Tür zu ihrer Kammer fest zu.Bald fielen sie in einen tiefen Schlaf, wurden aber schnell wieder wach, als sie hörten, wie jemand die Treppe hinauf kam. Die Tür flog auf und etwas sauste durchs Zimmer und wieder hinaus. Als die drei Fischer ans Fenster eilten, sahen sie im Mondlicht eine weiße Gestalt - Anna Sydow!

Aber auch ein Kellermeister sorgt im Jagdschloss Grunewald für Aufregung. Um Mitternacht kommt er die große Wendeltreppe des Schlosses herab und klappert mit den Schlüsseln. Wie auf Kommando fangen dann die alten großen Bratspieße in der Küche an sich von selbst zudrehen.

Anmerkung

Das Jagdschloss Grunewald geht auf das Jahr 1542 zurück und wurde für den Kurfürsten Joachim II. errichtet. Im Inneren gibt es eine Ausstellung zur Baugeschichte des Schlosses und wunderschöne Gemälde. Ein Knüppeldamm zum Berliner Stadtschloss wurde angelegt. Er ist der Ursprung vom Kurfürstendamm.

Adresse:
Hüttenweg 100
14193 Berlin
030 813 35 97

Bus: X83

Die weißen Ratten im Monbijoupark

Einst befand sich im heutigen Monbijoupark ein prächtiges Schloss. Dort spukte es jedes Jahr in der Johannisnacht. Fünf weiße Ratten huschten dann kreuz und quer durch das ganze Gebäude. Das besondere war, dass sie die Feuerlöcher der Öfen zu bevorzugen schienen. Fünfzehnmal kletterten sie in jedes Feuerloch und natürlich auch fünfzehnmal wieder hinaus. Außerdem huschte eine junge Frau durch die Gänge - sie weinte und sang das folgende Lied:

«Wole, Wole Kindlein mein Starr ist der Stein. War Fleisch und Bein. So jung gestorben durch mich verdorben! Wole, Wole Kindelein tanzt. Wer mag die Verdammten erlösen?»

Dieser Spuk geht auf folgende Begebenheit zurück: Die Ratten waren früher fünf kleine Mädchen, die im Schloss mit ihrer Mutter, einer Gärtnerin, lebten.

In der Johannisnacht schlich sie sich zum Tanz, während ihre Töchter im Bett schliefen. Plötzlich kam ein Gewitter auf, die Kleinen wachten auf und riefen nach ihrer Mutter.

Aber sie antwortete nicht. Zitternd vor Angst liefen sie durch das Schloss und suchten ihre Mutter.

Da die Mädchen sie aber nicht fanden, verkrochen sie sich in die Feuerlöcher der Öfen. Als die Gärtnerin nach Hause kam und sie in den Löchern fand, verspottete und verhöhnte sie ihre armen Töchter. «Ihr sitzt ja da wie Ratten im Feuerloch», rief sie und lachte.

Daraufhin verwandelten sich die Mädchen plötzlich in weiße Ratten und huschten durch das Schloss. Ein eisiger Schreck durchfuhr die Frau. Sie empfand Reue und eilte ihren Töchtern hinterher. Doch die verschwanden im Garten. Blitze durchzuckten die Frau und sie verwandelte sich in Stein. Die Ratten gruben ein Loch in die Erde unter ihrer versteinerten Mutter und verschwanden dort. Mit dem Abriss des Schlosses hörte es auch auf zu spuken.

Anmerkung

Das Schloss Monbijou wurde Anfang des 18. Jahrhunderts gebaut. Nach dem Ende des Zweiten Weltkrieges wurde es abgerissen. Heute befinden sich im idyllischen Monbijoupark ein Kinderbad und die Strandbar Mitte.

Für alle, die Märchen lieben, empfehle ich einen Besuch in der Märchenhütte. Im Winter können sich in dieser gemütlichen Hütte nicht nur Kinder, sondern auch Erwachsene verzaubern lassen.

https://www.maerchenhuette.de

S1 (Oraninenburger Str.), S5, S7 (Hackescher Markt)

Wie der Plötzensee seinen Namen erhielt

Wo heute der Plötzensee liegt, stand früher ein Dorf. Die Menschen, die dort lebten, waren fleißig und freundlich bis auf einen - den Dorfschulzen. Er hatte immer nur Profit im Kopf, war boshaft und quälte die Leute, so oft er nur konnte. Eines Abends kam er mal wieder betrunken aus dem Wirtshaus, das im nächsten Dorf lag, denn in seinem Heimatdorf gab es keins. Er wollte sich auf den Weg nach Hause machen, da sprang ihn plötzlich ein Aufhocker in den Nacken und wollte zurück zum Wirtshaus getragen werden.

Der Schulze sträubte sich dagegen, aber der Geist ließ sich nicht abschütteln.

Er stieß ihm seine Hacken in die Rippen, damit der Schulze schneller lief. Als dieser vor Erschöpfung zusammenbrach, trieb ihn der Aufhocker noch mehr an: «Los vorwärts du Faulpelz, du Unterdrücker der Armen.»

Endlich erreichte der Schulze sein Heimatdorf. Als sie an der alten Linde am Dorfbrunnen vorbeikamen, spürte der Schulze, dass das Gespenst die Füße lockerte. Da ergriff der Schulze seine Chance und stieß mit den Worten: «Ertrink du elender Geist!», den Aufhocker in den Brunnen.

Plötzlich begann es dort zu brodeln, das Wasser floss über den Brunnenrand und überflutete das ganze Dorf, solange bis es gänzlich in der Flut versunken war. Die Einwohner verwandelten sich in Fische, genauer gesagt in Plötzen. Sie schwimmen noch heute im See herum. Aber immer wenn ein großer, fetter Hecht an ihnen vorbei schwimmt, zucken sie vor Angst zusammen. Das ist nämlich der Schulze.

U6 (Seestraße)

Der Spuk in Tegel

Es lebte einmal in der Tegeler Mühle ein alter Müller mit seiner wunderschönen Tochter. Er beschloss einen Ehemann für sie - und dadurch einen Nachfolger für seine Mühle - zu finden. Er gab eine Annonce auf. Doch alle, die sich darauf bewarben, starben in der ersten Nacht, die sie in der Mühle verbrachten, auf rätselhafte Weise. Das sprach sich herum und bald kam kein einziger Junggeselle mehr.

Nach langer Zeit kam wieder so ein Bursche, der sein Glück versuchen wollte. Sobald die Nacht hereinbrach, nahm der junge Mann ein Beil und betrat die Mühle.

Als die Uhr Mitternacht schlug, schlüpfte eine Katze hervor und begab sich zum Mühlstein. Sekunden später gesellte sich eine andere Katze zu ihr, dann kam noch eine Dritte hinzu.

Die drei Katzen begannen den Mühlstein zu drehen, so schnell, dass der junge Mann Angst um die Flügel der Mühle bekam. Er beschloss einzugreifen und die Tiere zu verjagen.

Doch die Katzen wurden immer größer. Daraufhin schlug der Müller mit dem Beil auf sie ein. Dabei hieb er der größten Katze die Pfote ab, die sich sofort in eine menschliche Hand verwandelte. Der Jüngling hob sie auf und steckte sie ein. Der Müller war sehr froh, als er seinen Gesellen am nächsten Morgen lebend vorfand.

Kurz darauf sprach sich herum, dass eine Nachbarin, die alte Webern, im Sterben liege. Da ging den jungen Mann ein Licht auf. Er begab sich in ihr Haus und sagte er könne sie heilen. Die Hände der alten Webern lagen unter der Bettdecke versteckt.

Er wollte ihre rechte Hand sehen, doch sie reichte ihm ihre linke. Als er sie noch mal darum bat und die Alte ihm sie partout nicht zeigen wollte, zog er die abgeschlagene Hand aus der Tasche. Jetzt gestand sie ihm eine Hexe zu sein und verstarb. Der Bursche heiratete die Müllerstochter und erbte nach dem Tod des Müllers die Mühle.

Aber auch in der alten Försterei hat es gespukt. Ein junges Mädchen wollte ihren Liebsten heiraten, doch die verwitwete Mutter lehnte ihn ab. Daraufhin fing es im Haus zu spuken an. Jede Nacht polterte ein Gespenst herum und machte höllischen Lärm. Schließlich wurde es der alten Frau zu viel. Die Tochter riet ihr, dass ein Mann in der Försterei wohnen sollte. Die Mutter willigte ein. Das Mädchen heiratete ihren Liebsten und seitdem hat es in der Försterei nicht mehr gespukt.

Anmerkung

Der Reinickendorfer Ortsteil Tegel ist für den Tegeler See, auf dem man wundervolle Dampferfahrten machen kann, bekannt. Die knallrote Sechserbrücke überspannt den See und führt zum Tegeler Forst. Versteckt im Wald liegt das Humboldt Schloss. Hier lebten in ihrer Jugend die Brüder Wilhelm (1767-1832) und Alexander von Humboldt (1769-1859), die viel für die Wissenschaft taten. Wilhelm von Humboldt war Mitbegründer der Humboldt Universität. Auf dem Grundstück des Tegeler Schlosses sind sie auch begraben.

Das Schloss, welches ursprünglich aus dem 16. Jahrhundert stammt, wurde von den berühmten Berliner Architekten Karl Friedrich Schinkel 1820-24 umgebaut. Im Tegeler Forst befindet sich auch die Dicke Marie, Berlins ältester Baum. Er steht dort schon seit dem Mittelalter. Die Humboldt Brüder nannten den Baum so in Anspielung auf ihre Köchin.

U6 (Alt-Tegel)

Prinzessin Oranke

In Norwegen lebte einst die schöne Prinzessin Oranke. Sie liebte einen stattlichen Prinzen. Als ihr Verlobter jedoch in den Krieg zog, hatte Oranke eine Affäre mit einem anderen Prinzen. Zur Strafe wurde sie in eine Wassernixe verwandelt und in einen See nach Deutschland in Hohenschönhausen verbannt, der seitdem ihren Namen trägt. Sie durfte jedoch ihre liebsten Freundinnen mitnehmen. Um den See pflanzten die Nixen Sträucher und umgaben ihn mit Schilf, um unbeobachtet zu bleiben. Jeden Abend kamen die Wassernixen an die Oberfläche und tollten herum. Einmal tauchte die übermütige Oranke am helllichten Tag an die Oberfläche.

Ein junger Mann, der dort spazieren ging, bemerkte sie. Neugierig nährte er sich ihr, sah ihr ins Gesicht und verliebte sich in sie. Als Oranke erneut untertauchte, konnte er nicht anderes und stürzte sich in die Tiefe. Kein Mensch hat ihn jemals wieder gesehen. Seitdem hat Oranke sich nicht mehr getraut, am Tag zu baden.

Aber nachts, bei Vollmond, könnt ihr immer noch beobachten, wie sie vergnügt im Wasser planscht.

Hütet euch in solchen Nächten den See zu nahe zu kommen! Denn Oranke zieht jeden herab und gibt ihn nicht wieder her.

Anmerkung

Der Orankesee gehört zu einer eiszeitlichen Seenkette. Der Name ist slawischer Herkunft und bedeutet rotbrauner See. Der See hat ein Strandbad. Im Winter kann man dort Eisbaden.

Adresse

Freibad Orankesee

Gertrudstr. 7

13053 Berlin Hohenschönhausen

030 98 64 032

Tram: 13, 18 (Stadion Buschallee)

www.strandbad-orankesee.de

Die Nixe aus dem Rummelsburger See

Vor langer Zeit fuhr auf dem Rummelsburger See täglich ein junger Mann hinaus, um zu fischen. Er war sehr arm und besaß nur ein armseliges Boot. Auf dem Grund des Sees lebte eine Nixe mit ihrer Familie. Einmal tauchte sie an die Oberfläche, als der attraktive Fischer sein Netz auswarf. Die beiden verliebten sich ineinander. Von nun an trafen sie sich öfters. Zu seinem Geburtstag schenkte die Nixe ihrem Liebsten einen Kahn mit einem Glasboden. So konnte der Fischer genau erkennen, wo gerade die Fische schwammen.

Eines Abends geschah jedoch ein Unglück. Ein Schuss, der vom Ufer kam, traf die Nixe. Sie fiel mit einem schmerzvollen Aufschrei ins Wasser. Nur ihr Schleier trieb auf der Oberfläche des Sees. Verzweifelt holte ihn der Fischer aus dem Wasser. Am Ufer fand er den Schützen. Er lag tot im Grass.

Am Abend klopfte es an die Tür des Fischers. Er öffnete sie niedergeschlagen und sah er eine fremde Gestalt, die ganz nach einem Wassermann aussah. «Gib mir den Schleier meiner Tochter!», sagte sie nur.

Als der Fischer herausfand, dass seine Geliebte noch lebte und es ihr gut ging, hielt er keck um ihre Hand an. Der Wassermann stimmte zu und versprach ihn morgen Abend zur Hochzeitsfeier abzuholen.

So geschah es: Am nächsten Abend brachte ihn der Wassermann zu einem Haus am Ufer des Sees. Es war hell erleuchtet und Musik ertönte.

Drinnen sah der Fischer seine Braut. Sie wurden getraut und feierten ausgelassen. Auf einmal sagte die Nixe: «Ich muss um Mitternacht kurz weg!» Der Fischer ahnte nichts Gutes und verstellte die Uhr. Es half nichts, Mitternacht kam zwar später, aber sie kam. Zuerst löste sich die Braut in Luft auf, dann die anderen Gäste und zuletzt das Haus. Verzweifelt stürzte sich der Fischer in den See, um nach seiner Liebsten zu suchen. Er ist nie wieder aufgetaucht und wird wohl heute noch auf dem Grund des Rummelsburger Sees bei ihr leben.

Der Wassermann vom Lietzensee

In der Nähe vom Lietzensee lag vor vielen hundert Jahren ein kleines Dorf. Die Bewohner waren bis auf einen Bauern sehr faul und gottlos. Er arbeitete hart auf den Feldern und kümmerte sich liebevoll um sein Vieh.

Eines Morgens betrat er den Kuhstall und fand ein fremdes Wesen, das eine Kuh melkte. Dieses Wesen war nämlich ein Wassermann!

Der erschrockene Bauer schimpfte ihn aus und beleidigte ihn heftig. Da fing der Wassermann zu weinen an. «Ich bin auch ein Christ, so wie du», sagte er und sang ein Kirchenlied. Daraufhin bekam der Bauer Mitleid mit dem Wassermann. Er tröstete ihn und die beiden wurden gute Freunde. Der Wassermann half seinem Freund so oft er konnte und der Bauer wurde wohlhabend - sehr zum Neid der Dorfbewohner!

An einem schönen Sommerabend badete die Frau des Wassermannes im See, dabei wurde sie von einer Magd beobachtet. Die erzählte es natürlich im ganzen Dorf. Die Freundschaft zwischen dem Wassermann und dem Bauern kam heraus.

Die Bewohner wurden sehr wütend und beschuldigten den Bauer der Zauberei.

Eines Sonntags, nachdem der Bauer die Kirche verlassen hatte, ergriffen einige Bürger ihn und schlugen ihn tot. Als das der Wassermann erfuhr, schwor er Rache.

Er befahl seiner Frau, Buchweizenkerne zu mahlen. Das tat sie sehr ungern und sie fing zu schimpfen an; doch sie machte sich an die ungeliebte Arbeit. Bald fing der See zu brodeln an, trat über seine Ufer und zog das ganze Dorf in die Tiefe hinab - Häuser, Menschen und Vieh versanken und waren nie wiedergesehen.

Als nur noch die Spitze des Kirchturms herausragte, bat der Wassermann seine Frau aufzuhören. Noch heute hört man die Stimmen des Wassermanns und seiner Frau aus der Tiefe des Sees, wenn sie in Vollmondnächten Kirchenlieder singen.

Anmerkung

Seinen Namen hat der Lietzensee von dem ehemaligen Dorf Lietzen. Nach dem Tod der Königin Charlotte, der Ehefrau von Kurfürst Friedrich III. (seit 1701 König Friedrich I. in Preußen), erhielt das Dorf Lietzen den Namen Charlottenburg. Das Grundstück wechselte mehrmals den Besitzer. So gehörte es einst dem preußischen Staats- und Kriegsminister Job von Witzleben. 1918-1920 gestaltete der Gartendirektor Erwin Barth das heutige Grundstück. Baudenkmäler sind die Kaskade und das Parkwächterhaus. Ein paar interessante Skulpturen gibt es auch im Park.

Bus: M49, X34, 309 (Amtsgerichtsplatz)

Was die Kurrende-Knaben in der Spandauer Kirche erlebten

In der Nicolaikirche in Spandau mussten die Kurrende-Knaben nach der Probe immer die Kirche reinigen, was ihnen natürlich nicht gefiel. Sie spielten lieber Karten. Einmal, nachdem sie gerade die Kirche gefegt und ihre Karten hervorgeholt hatten, gesellte sich ein Fremder zu ihnen und wollte mitspielen. Dieser Fremde war der Teufel. Die Jungs luden ihn herzlich ein mitzuspielen, denn sie wussten ja nicht um wen es sich handelte. Als er jedoch eine Karte nach der anderen fallen ließ, ahnten sie es. Sie ließen sich nichts anmerken und spielten weiter, ein besonderes kecker Bursche rief aus: «Mich soll der Teufel holen, wenn ich noch einmal verliere!» Da sprang der Teufel auf, riss ihn an sich, die Kirchenmauer tat sich auf und beide verschwanden. Der Riss in der Mauer ist noch heute zu sehen.

Auch andere Kurrende-Knaben waren vorwitzig. Einst besaß die Kirche Bücher, die an Ketten lagen. Darunter auch das Sechste und Siebente Buch Mose; die angeblich Zaubersprüche enthielten. Eines Abends sahen die Knaben diese Bücher und öffneten Sie neugierig. Kaum hatten sie angefangen zu lesen, erschienen lauter Geister und weitere unheimliche Wesen.

Die Jungen bekamen eine furchtbare Angst. Zum Glück betrat in diesem Moment der Prediger die Kirche. Er las die Bücher rückwärts und die Geister verschwanden.

Anmerkung

Die Nicolaikirche in Spandau liegt in der malerischen Altstadt. Erbaut wurde die Kirche Ende des 14. Jahrhunderts. Am 1. November 1539 trat Kurfürst Joachim II. hier zur Reformation über. Ein Denkmal vor der Nicolaikirche erinnert an dieses Ereignis.

U-Bahn: U7 (Altstadt Spandau)

Bus: 130, 134, 136, 236, 671, X33, 137, M37

Das Lotterielos an der Tür

In der Wallstraße in Mitte lebte einst ein armer Schuhmacher. Einmal nahm er statt Geld als Lohn ein Lotterielos an. Doch seine Kinder fanden es und hatten eine teuflische Idee...

Der Schuster strahlte, als er das Ergebnis der Ziehung erfuhr. Er hatte gewonnen! Er suchte nach dem Los, aber er fand es nicht! Schließlich entdeckte er es an der Stubentür, die lieben Kleinen hatten es dort mit Kleister festgeklebt. Was sollte er nur machen? Da hatte er eine Idee. Der Schuhmacher, der sehr stark war, riss die Tür aus den Angeln, packte sie auf seinen Rücken und trug sie zum Rathaus, wo er seinen Gewinn erhielt. Von nun an konnte die Familie ohne Sorgen leben. Der Schuster ließ sich in der Wallstraße ein neues Haus bauen, an dem er ein Bild von sich mit der Tür auf der Schulter anbringen ließ.

Der Kurfürst und die Flut

Anfang Juni 1525 erfuhr Joachim I., dass am 15. Juli eine große Flut nach Cölln, wo sein prächtiges Schloss stand, kommen sollte. Was tun? Lange grübelte der Kurfürst in schlaflosen Nächten, bis er eine Lösung fand.

Der 15. Juli war ein schöner Tag. Es schien heiß zu werden. Trotzdem beschloss Joachim I. seinen Plan durchzuführen. Er befahl seinen Dienern, die Sachen zu packen und die Pferde einzuspannen. Seiner Familie sagte er, dass sie einen Ausflug machen würden. So begab sich die ganze kurfürstliche Gesellschaft nach dem Cöllnischen Weinberg, auch Tempelhofer Berg genannt, dem heutigen Kreuzberg. Die Sonne schien am wolkenlosen Himmel und es wurde unerträglich heiß. Kein Tröpfchen Regen war in Sicht. Der Abend kam und noch immer fiel kein Regen.

Achselzuckend und ohne ein Wort zu sagen, ordnete der Kurfürst an, sich wieder nach Cölln zu begeben.

Als die Gesellschaft den Schlosshof erreicht hatte, fing es auf einmal an zu regnen. Es donnerte und blitzte. Ein Blitz traf den Kutscher, der tödlich zusammenbrach. Sonst hatte das Wetter keinen Schaden getan. Aber die große Flut blieb aus.

Anmerkung

Der Kreuzberg ist 66 Meter hoch. 1821 errichtete Karl Friedrich Schinkel (1781-1841) ein Denkmal zur Erinnerung an die Befreiungskriege gegen Napoleon. Auf dem Denkmal befindet sich ein eisernes Kreuz, deshalb bekam der Berg den Namen Kreuzberg. Um den Kreuzberg herum liegt der Viktoria Park, der einen (künstlichen) Wasserfall hat.

U-Bahn: U6, U7 (Mehringdamm)
Bus: 140, M19 (Yorckstr./Großbeerenstr.)

Die Schildhornsage

In Köpenick lebte einst der slawische Herrscher Jaczo. Schon seit Langem führte er Krieg mit Albrecht dem Bären, der über die Mark Brandenburg herrschte. Jaczo war übrigens kein Christ, sondern ein Heide und betete den dreiköpfigen Gott Triglav an. Eines Tages befand sich Jaczo wieder einmal auf der Flucht vor Albrecht dem Bären und seinen Truppen. Es schien aussichtslos, bald hatten seine Verfolger ihn eingeholt. Er sah keine Möglichkeit zur Flucht, denn vor ihm lag die Havel. Es gab nur eine Chance, er musste durch den Fluss.

Würde er es schaffen? Verzweifelt gab Jaczo seinem Pferd die Sporen, das daraufhin erschreckt ins Wasser sprang. Zuerst schien alles gut zu gehen, doch dann drohten sie unterzugehen. Vor lauter Not flehte Jaczo Gott an, und zwar den christlichen und nicht Triglav. Auf einmal rappelte sich sein Pferd auf und erreichte sicher das andere Ufer. Jaczo war gerettet!
Vor Dankbarkeit hängte er sein Schild und sein Jagdhorn an einem Baum und schwor von nun an nur noch Gott zu dienen und sich vom Heidentum abzuwenden.

Anmerkung

Auf der Halbinsel Schildhorn, die ihren Namen nach der Sage hat, kann man noch heute ein Denkmal bestaunen, welches an diese Sage erinnert. Wilhelm IV. ließ es 1845 nach einem Entwurf von Friedrich August Stüler errichten.

Adresse:

Schildhorn (Halbinsel)

14193

Bus: 218 (Schildhorn)

Die drei Blutstropfen

In der Lindenstraße lebte einst ein Brauer. Eines Tages bat ihn sein todkranker ehemaliger Lehnherr, seine Tochter bei ihm als Gehilfin aufzunehmen. Dies tat der Brauer, denn er schuldete ihm noch einen Gefallen. Schon bald begehrte er das Mädchen, doch sie konnte ihren rauen und jähzornigen Chef nicht leiden, außerdem war er sehr viel älter als sie. Einmal drang er in ihre Kammer und bedrängte sie.

Als sie ihn abwies, wollte der Brauer sie mit Gewalt nehmen. In letzter Minute rettete sich die junge Frau mit einem Sprung aus dem Fenster.

Sie blieb fast unverletzt. Nur drei kleine Blutspuren hinterließ sie an der Stelle, wo sie hinausgesprungen war. Da wurde der Brauer wütend.

Voller Hass beschuldigte er öffentlich das Mädchen seine Schatzkiste aufgebrochen zu haben, um ihn Gold zu entwenden. Er zeigte seinen Bekannten die leere Schatzkiste und einzelne Goldstücke in der Kammer des Mädchens.

Niemand wusste, dass der Brauer selber seine Schatzkiste aufgebrochen hatte und das Gold in der Kammer seiner Gehilfin verteilt hatte.

Wenig später wurde sie erwischt. Die junge Frau beteuerte ihre Unschuld, doch das gnadenlose Gericht verurteilte sie zum Tod. Kurz vor ihrer Hinrichtung beteuerte sie noch mal ihre Unschuld und sagte: «Diese drei Blutstropfen werden für mich zeugen, wenn ich unschuldig sterben muss.»

Voller Wahn versuchte der Brauer, heimlich in der Nacht die Blutstropfen abzuwischen. Es gelang ihn nicht. Nacht für Nacht versuchte er es. Vergeblich! Am nächsten Morgen waren sie wieder da.

An einem schönen Sommerabend stieg er verzweifelt zum Fenster hinaus aufs Gesims, um mit den Fingernägeln das Blut abzukratzen. Doch er stürzte ab und blieb mit gebrochenem Genick am Boden liegen, wo ihn am nächsten Tag seine Angestellten fanden. Auch seine Erben versuchten verzweifelt die Blutstropfen zu entfernen. Erst nach dem Abriss des Hauses, verschwanden die Blutstropfen.

Sagen aus Köpenick

Der Krebs von Köpenick

Ein Fischer warf regelmäßig seine Netze im Müggelsee aus. Er fing dort aber kaum etwas und war dadurch sehr arm. Eines Tages fand der erstaunte Mann einen riesengroßen Krebs in seinem Netz - einen Krebs, der sprechen konnte!

Das Tier versprach dem Fischer, dass er ihn zu einem reichen Mann machen werde, unter folgender Bedingung: Er sollte ihn nach dem ersten Ort auf der anderen Seite der Spree bringen und dort verkaufen. Der Fischer nahm den Krebs aus dem Netz und machte sich auf den Weg nach dem Ort, der heute Köpenick heißt. Dort bat er ihn zum Kauf an

. In seiner Aufregung hatte er aber vergessen, dass Köpenick gar nicht auf der anderen Seite der Spree lag. Als ein Kunde sich näherte, rief der Krebs: «Köpp nich! Köpp nich!» was «Kauf nicht» heißt.

Da erinnerte sich der Fischer wieder an sein Versprechen. Er ging auf die andere Seite der Spree nach Stralau und verkaufte den Krebs für sehr viel Geld. Die Geschichte vom sprechenden Krebs sprach sich schnell herum.

Der Ort, wo der Fischer den Krebs zuerst angeboten hatte, erhielt nach den Worten des Krebses «Köpp nich» den Namen Köpenick.

Die Seufzerbrücke

Die Brücke, die über die Dahme zum Köpenicker Schloss führt, hieß lange Zeit im Volksmund Seufzerbrücke. Doch woher hatte sie diesen Namen bekommen? Nun, vor vielen Jahrhunderten lebte eine Prinzessin im Köpenicker Schloss. Sie liebte heimlich einen Jäger. Da die Familie der Prinzessin gegen diese Verbindung war, konnten sie sich nur heimlich treffen. Aber eines Tages kam ihre Beziehung an die Öffentlichkeit. Beide wurden grausam bestraft. Die Prinzessin wurde lebendig eingemauert, den Jäger erhängten sie an einem Pfeiler der Brücke. Seit dieser Zeit spukte es in der Gegend des Schlosses.

Um die Geisterstunde hörten die Köpenicker tiefe sehnsüchtige Seufzer. Es dauerte Jahrhunderte, bis die beiden Liebenden endlich ihre Ruhe fanden und kein Seufzen mehr ertönte. Seitdem ist auch der Name Seufzerbrücke aus der Erinnerung der Köpenicker verschwunden.

Die Entstehung des Teufelssees

Jaczo, der Fürst von Köpenick, versuchte schon seit Langem seinen Feind, Albrecht den Bären, zu schlagen. Er entschloss sich die Weisen seines Volkes um Rat zu fragen: «Was soll ich tun, damit ich Albrecht den Bären bezwingen kann?» Er bekam folgende Antwort: «Du musst eine Burg auf einem der sieben Müggelberge bauen und dort deine Frau Wanda ins Gewölbe einmauern lassen! So machst du diese Burg unbezwinglich!» Traurig fügte sich die schöne Wanda ihrem Schicksal. Doch als die Burg fast fertig war, begann ein furchtbares Unwetter zu wüten. Dazu kam noch ein Erdbeben.

Wie erstaunt waren die Köpenicker am nächsten Morgen, als sie nur noch sechs Müggelberge sahen. An der Stelle des Siebten lag ein See, den die Bevölkerung Teufelssee taufte. Wanda aber steigt einmal im Jahr aus dem See empor und sucht nach ihrem Mann. Denn Jaczo irrt seit jenem Tage, vor Schmerz wahnsinnig geworden, durch die Welt und ich bin sicher, eines Tages werden sie sich wieder finden. Und dann steigt aus dem Grunde des Teufelssees die unbezwingliche Wendenburg erneut empor.

Die Prinzessin vom Teufelssee

Auf dem Grund des Teufelssees lebt eine verwünschte Prinzessin in ihrem versunkenen Schloss. Jedes Jahr in der Johannisnacht erscheint sie an der Oberfläche und wartet darauf erlöst zu werden. Das kann nur geschehen, wenn man sie den weiten Weg nach Köpenick und dann dreimal um die Kirche trägt - ohne sich umzudrehen! Ein Fischer hatte es einmal probiert. Anfangs ging alles gut. Der junge Mann nahm sie auf seinen Rücken und auf ging es nach Köpenick.

Allerlei Hindernisse begegneten ihn auf dem Weg, wie Schlangen und anderes Ungetüm, die ihn arg quälten.

Kleine Männchen bewarfen ihn außerdem mit Steinen. Doch der Fischer kümmerte sich nicht darum.

Zuerst war die Prinzessin federleicht, aber je mehr sie sich der Stadt nährten, desto schwerer wurde sie. Endlich erreichten sie Köpenick und der Fischer, der inzwischen unter seiner Last ächzte, trug die Prinzessin um die Kirche. Fast hatte er es geschafft, da leuchtete es auf einmal hinter ihm auf.

Der junge Bursche dachte Köpenick stünde in Flammen und drehte sich um. Da entgleitete ihm die Prinzessin und löste sich in Luft auf. Der Fischer brach zusammen und blieb tot am Boden liegen.

Mit der Zeit ließ sich die Prinzessin immer seltener sehen. Aber seid vorsichtig, es ist immer noch gefährlich, nachts zum Teufelssee zu gehen und der Prinzessin zu begegnen!

Wie der Frauentog seinen Namen bekam

Früher war das Fischen in Köpenick eine wichtige Einnahmequelle. Jedoch eines Tages fingen die Fischer nichts mehr. Ihre Quelle, die ihnen ein gutes Einkommen brachte, war versiegt. Verzweifelt überlegten die Köpenicker was sie machen könnten. Eine Frau hatte eine geniale Idee: «Warum fischen wir nicht in der Bucht am Schloss? Dort haben unsere Männer noch nie gefischt. Vielleicht haben wir doch noch mal Glück», sagte sie zu ihren Freundinnen.

Die Frauen stimmten zu und warfen um Mitternacht die Netze ihrer Ehemänner aus. Und wirklich, sie hatten Glück! Sie fingen Hunderte von Fischen. Ihre Not war zu Ende. Seitdem heißt diese Bucht am Schloss Köpenick Frauentog.

Anmerkung

Köpenick ist der grünste Bezirk in Berlin. Der Müggelsee und seine Umgebung bieten viele Möglichkeiten zur Entspannung. Nahe dem Müggelsee liegen die Müggelberge und der Teufelssee.

Köpenick war bis 1920 eine eigenständige Stadt. Schon seit vorgeschichtlicher Zeit ist das Gelände des Schlosses besiedelt. Das jetzige Gebäude wurde 1677-1690 von Rutger van Langerfeldt gebaut. Hier ist seit 1963 ein exzellentes Kunstgewerbemuseum untergebracht. Die barocke Schlosskirche stammt von 1685. Der kleine Schlosspark lädt zu Spaziergängen ein. Im Park ist auch ein Café.

S3 (Köpenick)